Clubinho da LAURA

CB061342

Clubinho da Laura
NO REINO DAS PRINCESAS

astral cultural

Clubinho da Laura

Êêêêê!

Olha só quem está chegando com mais um...

Espera aí, isto aqui não é um vídeo novo no canal...
Este é o meu livro! **Uaau!**

OMG

Vocês estão preparados para uma aventura? Cheia de magia, fadas, princesas, brincadeiras e muita diversão? Eu estou!
Será que a mamãe, o papai e a Helena também?
Isso vocês só vão saber depois de brincarem comigo.

E vocês não vão acreditar, os contos de fadas aqui são muuuuuito diferentes! Só lendo para saber! Então, vamos lá!

E não deixe de seguir o canal nas redes sociais e deixar seu **like, like, like.**

@clubinhodalaura

Laurinha e Helena - Clubinho da Laura

Era uma vez duas irmãs, Laurinha e Helena, que adoravam o mundo das princesas!

Elas sempre se vestiam de princesas e sonhavam em tornar isso realidade. Um dia, enquanto brincavam de ter um castelo só para elas, uma fada madrinha apareceu para realizar esse desejo:

Ser uma princesa de verdade!

Olá, meninas! Cheguei!

Qual é o nome?

Para descobrir qual o nome da fada madrinha, siga o mesmo caminho do quadro 1, no quadro 2.

Início

E	P	S	O	W	U
F	A	D	K	E	J
R	S	A	T	O	A
K	E	B	K	S	I
C	L	M	A	P	A
T	I	N	H	C	K

_ _ _ _ _ _ _ _

Laurinha e Helena ficaram surpresas com a fada madrinha. Agora, elas seriam princesas de verdade!

Quando a Fada Belinha perguntou o motivo das meninas desejarem virar princesas, elas explicaram que era porque as princesas são tão lindas, tão legais, têm um castelo só para elas... Ah, o universo mágico dos contos de fadas deixava as meninas encantadas!

Então, a Fada Belinha fez uma proposta.

> Princesas têm muitas responsabilidades. Que tal vocês conhecerem tudo antes de decidirem se realmente querem ser princesas?

> Ebaaaaa!!! Vamos!

Mas parece que a Fada Belinha era um pouquinho... atrapalhada. Pois ela perdeu sua varinha mágica!

E agora?

Varinha Mágica

Ajude a Fada Belinha a encontrar sua varinha mágica. Circule a única que é idêntica ao modelo ao lado.

Quando a Fada Belinha finalmente encontrou sua varinha, ela fez surgir um medalhão lindo, mas que parecia estar pela metade.

Então, ela explicou para as meninas que aquele medalhão serviria para ajudá-las a passar pelos reinos das princesas e que, quando elas tivessem seu próprio reino, ganhariam a outra metade, que funcionaria como uma "chave" para o mundo encantado. Era hora de levar Laurinha e Helena para o primeiro reino que elas iriam conhecer:

O reino da princesa Bela Acordada!

Bela Acordada? Mas não é a Bela Ador...

Então, vamos! Nos leve até ela!

Não! Este é o reino da Bela Acordada, e ela não gosta quando a confundem com a outra princesa.

Labirinto real

Passe pelo labirinto para que Laurinha, Helena e Fada Belinha consigam chegar até a princesa.

Início

11

Quando chegaram, Laurinha e Helena estranharam, pois elas não estavam em um castelo gigante: **elas foram para um vilarejo**.

Quando encontraram a princesa, a Fada Belinha explicou para Bela Acordada o que as meninas faziam lá e, então, a princesa disse para as meninas que estava no vilarejo pois, como princesa, seu papel era ajudar a todos do reino, e ela estava andando pela vila para ver se todos estavam bem.

— Nós, princesas, temos que ajudar a todos do reino, mas tem que ser de coração!

— Que legal, princesa. O vilarejo do seu reino é muito bonito.

— Podemos conhecer a vila?

Passeio no vilarejo

Laurinha e Helena foram conhecer o vilarejo junto com a princesa Bela Acordada e a Fada Belinha. Para conhecer a vila também, enumere as peças abaixo em seus lugares correspondentes.

Depois de passearem pelo vilarejo, a princesa perguntou se as meninas queriam conhecer o Bosque Encantado, um lugar lindo, cheio de flores, borboletas e muito colorido. As meninas, é claro, ficaram muito contentes e já queriam partir imediatamente.

Vamoooos!!!

Caminho das pedras

Para chegar ao Bosque Encantado, faça a soma de acordo com a legenda. O caminho correto é aquele com menor resposta.

1 2 3

Quando chegaram, o Bosque Encantado estava cheio de lixo jogado por todos os cantos. A princesa ficou muito triste, pois algumas pessoas continuavam jogando lixo no chão, mesmo depois de ela já ter falado várias vezes sobre a importância de jogar o lixo no lixo.

Ela, como uma boa princesa, disse que limparia todo o bosque, e perguntou se as meninas queriam ajudá-la.

As pessoas deveriam ter vergonha por jogarem lixo no chão.

Isso é muito feio!

Lixo no lixo

Circule tudo o que for lixo para que Laurinha, Helena, Bela Acordada e Fada Belinha recolham e coloquem na lixeira. Assim, o Bosque Encantado vai ficar lindo novamente. E lembre-se: lixo é no lixo!

> Realmente, precisamos sempre relembrar que lugar de lixo é no lixo.

17

Assim que terminaram de limpar o Bosque Encantado, Bela Acordada explicou que precisava encontrar as Fadinhas Coloridas para ajudá-las a organizar o baile que teria no reino.

Laurinha e Helena disseram que adorariam ajudar, mas a Fada Belinha já estava segurando sua varinha e pronta para levar as meninas ao próximo reino.

> Adorei conhecê-las! Tenho certeza de que serão ótimas princesas!

> Até mais, Bela Acordada. Se precisar de mim, já sabe o que fazer.

> Obrigada, Bela Acordada.

> Também adoramos te conhecer, princesa!

Fadinhas coloridas

Cada fadinha tem uma cor, então, que tal deixá-las bem coloridas? Siga as orientações e deixe a cena bem bonita!

1- Blue (azul)
2- Green (verde)
3- Purple (roxo)
4- Yellow (amarelo)
5- Orange (laranja)

Depois de se despedirem da Bela Acordada, era hora de irem ao próximo reino. Laurinha e Helena estavam cada vez mais entusiasmadas com tudo o que havia acontecido e com o que ainda estava por vir. Afinal, ela estavam no reino das princesas! Mas como elas iriam até a próxima princesa?

Laurinha e Helena estavam ansiosas para ver a próxima mágica que a Fada faria.

UAAAAUUU!!!

Ah, vocês irão adorar! Vai ser muuuito divertido. Fiuuu, fiuuu!

Ligue os pontos

A Fada Belinha quer tornar a viagem da Helena e da Laurinha inesquecível. Ligue os pontos e descubra quem vai levar as meninas para o próximo reino. Afinal, em contos de fadas, tudo pode acontecer.

As meninas adoraram a viagem no dragão! Foi superdivertida.

Então, elas chegaram ao reino da princesa Anabela, e a Fada Belinha percebeu que havia algo errado. Anabela explicou que estava preocupada com a madrasta boa, que estava presa no alto da torre, **pois a princesa perdeu a única chave capaz de abrir a porta.**

Quando finalmente notou a presença das meninas ali, a princesa perguntou quem eram elas, e a Fada Belinha explicou que Laurinha e Helena queriam virar princesas, por isso, estavam conhecendo alguns reinos e princesas para entenderem que era preciso muita responsabilidade e gentileza para se tornar uma.

Hmmm... Que tal vocês me ajudarem, meninas?

Já sei! Tenho uma ideia...

Siga as letras

Para descobrir qual foi a ideia da Fada Belinha, siga as linhas que conectam as caixas abaixo. As caixas que se ligam devem ser preenchidas pela mesma letra.
Siga o exemplo.

V A ☐ O
O ☐ G ☐ I Z ☐ R ☐ U M
☐ C ☐ N ☐ U R S O P A ☐ A
D E ☐ C ☐ B ☐ I R ☐ O
☐ L H ☐ R ☐ L ☐ N O !

Anabela gostou de ouvir a ideia de Belinha, com certeza, algum bom plano sairia desse concurso, e a madrasta boa seria, finalmente, resgatada da torre mais alta do castelo.

Laurinha, Helena e Fada Belinha já estavam mais do que prontas para ajudarem nessa missão.

Vamos, precisamos organizar o concurso o mais rápido possível!

E que vença o melhor!

Tem razão, vamos!

Quem venceu?

Para descobrir quem venceu o concurso, preencha os círculos em branco com os números das peças que se encaixam corretamente. A resposta certa é aquela que encaixar no espaço verde.

① ② ③

E o plano vencedor para resgatar a madrasta boa foi o da... *Laurinha!*
A ideia surgiu no final, quando nenhuma das outras ideias havia sido boa o suficiente.

Então, Laurinha lembrou-se da história da princesa que ficava presa no alto da torre e jogava suas tranças para que o príncipe subisse até ela. Imediatamente, Anabela lembrou-se também: afinal, essa princesa era uma grande amiga dela de infância.

Você vai jogar seu cabelo para a madrasta usar como corda, Laurinha?

Meu cabelo não é tão forte nem tão comprido, hahaha. Vamos construir uma corda usando os vestidos que você não usa mais!

Plano infalível

Laurinha conseguiu 4 pedaços de vestidos de diferentes tamanhos. A soma de dois deles corresponde ao tamanho necessário para resgatar a madrastra: 100cm.
Você consegue descobrir quais são? Circule-os.

30cm

60cm

40cm

20cm

Que ótima ideia!

Laurinha e Helena conseguiram resgatar a madrasta boa, e todo mundo ficou muito feliz. Então, Laurinha disse à Anabela que nunca havia visto uma madrasta boa nas histórias, só as más, porém havia achado muito legal!

Parece que a missão por ali estava mais do que feita e já era hora da Fada Belinha levar as meninas para *outro reino*, e a varinha mágica a postos só reforçava isso.

> Laurinha, não podemos nunca julgar as pessoas, lembre-se sempre disso.

> Siiim, a mamãe sempre diz isso!

Laurinha e Helena, desculpe atrapalhar, mas nós precisamos ir para o próximo reino. Pim-pi-ri-lim.

Hora da mágica

Laurinha, Helena e Fada Belinha precisam ir ao próximo reino. Mas como elas farão isso? Pinte os números abaixo, com as cores correspondentes, e descubra a mágica que a Fadinha fez.

1- Amarelo
2- Roxo
3- Marrom
4- Verde

Quando as meninas já estavam dentro da carruagem e prontas para partirem, a madrasta boa correu atrás delas e deu um sapatinho de cristal para cada uma delas.

Afinal, Laurinha e Helena resgataram a madrasta boa e ela queria muito agradecer por não ter que passar mais nenhum dia trancada.

Sapatinhos de cristal

As meninas adoraram o presente que ganharam da madrasta boa. Para saber qual foi o sapatinho que elas ganharam, circule abaixo qual é o único que não se repete.

Clubinho da Laura

Clubinho da Laura

no caminho, Helena perguntava o tempo todo se elas já estavam chegando, se já haviam chegado ou que horas iriam chegar. A Fada Belinha já estava ficando doida! Mas elas estavam se divertindo com toda aquela pressa.

Laurinha também estava muito curiosa para saber qual era o *próximo reino.*

Letras mágicas

Troque os símbolos pelas letras e descubra para onde Fada Belinha irá levar as meninas.

A	B	C	D	E
🎺	☀️	👑	🎁	🪞

I	N	O	R	V
💍	🍪	🍎	🐸	🚂

35

Quando finalmente começaram a avistar um castelo, Laurinha e Helena ficaram ainda mais empolgadas, ele parecia ser enorme!

Elas nunca tinham visto ou imaginado que um **castelo poderia ser tão grande como aquele**, mas tinha um motivo para isso, é claro: aquele era o lar dos 7 gigantes! E a Fada Belinha logo avisou: aqui moram os sete gigantes, os 7 anões moram com a prima da Branca de Névoa.

Essas princesas são diferentes mesmo, né?

Podemos entrar?

Claro, bem-vindas ao castelo da Branca de Névoa!

Encontre os erros

Laurinha, Helena e Fada Belinha chegaram ao castelo da Branca de Névoa. Você consegue encontrar 7 erros entre as imagens abaixo?

Laurinha e Helena finalmente entraram naquele castelo gigante!

Depois de passarem pelas portas imensas, viram uma princesa que falava sem parar sobre ursos que iriam acordar dali a pouco. "Será que está tudo pronto para eles?", ela se questionava. As meninas estavam ficando atordoadas, até que, por um instante, ela finalmente parou, notando a presença da Fada Belinha e das meninas.

> Belinha! Você não me visita desde aquela cesta de frutas da bruxa boa... E quem são vocês?

> Essas são Laurinha e Helena, elas querem ser princesas de verdade.

> Mas já sabemos que as princesas têm várias responsabilidades...

Lista das princesas

Ser uma princesa ou um príncipe exige muitas responsabilidades! Marque abaixo o que você acha que a realeza não deve fazer.

- ○ Ajudar o próximo
- ○ Cuidar dos animais
- ○ Jogar lixo no chão
- ○ Deixar coisas espalhadas pelo castelo
- ○ Responder com grosseria
- ○ Respeitar os mais velhos
- ○ Ser educado

Bruxa boa? Cesta de frutas? Aiai, tô amando essas princesas!

As meninas estavam maravilhadas, isso não tinha como negar! E elas estavam cada vez mais empolgadas com tantas coisas para aprender sobre como ser uma princesa de verdade. Não era nada simples ou fácil, porém elas tinham certeza de que conseguiriam ser boas princesas também e que iriam adorar ajudar todos os seres do reino!

Ah, e elas também estavam empolgadas e curiosas sobre os ursos que a Branca de Névoa precisava cuidar.

Uau! Quantas coisas as princesas têm que fazer, né?!

Sim! E, falando nisso, o que vocês acham de me ajudar a separar a comida dos ursos que estão acordando hoje da hibernação?

Uma ótima ideia!

O que um urso come?

Procure, no diagrama abaixo, as palavras que aparecem em destaque.

Strawberry (morango)
Potato (batata)
Tomato (tomate)
Carrot (cenoura)
Apple (maçã)
Honey (mel)

```
B W C E Z C H Q E W G P R B E
I A M I O S T R A W B E R R Y
X A X A A N Y Y Q Y L K J Y Y
G M R S S D Y J T Q G Z K S Z
S L S O V H O N E Y P X Y P Z
L F T G O Z J J X W O Q W C Q
M T J K W E C I E S T P Q J X
F Y F J R G Q J E R A P V N L
M R J L V A J C K T A R T D
Y Y F R I P L X S Q O P H W U
F Q S I I M Z T E R O P Q F L
Z Q S E Y T O M A T O L L E Y
T H E V G L U Q K N Z E V Z I
V L G B Z C F U D W E A J S G
C A R R O T G S L U I W Z N F
```

41

Separar os alimentos para os ursos foi uma tarefa muito legal! Laurinha e Helena estavam empolgadas para conhecer não só as princesas, mas os animais também... Eles pareciam ser tããão fofinhos, imagina só que divertido poder passar o dia todo conversando com eles?

Essa aventura pelos reinos das princesas estava sendo *realmente incrível.*

> Acho que está na hora de, finalmente, transformá-las em princesas, mas...

> Fada Belinha, espere! Antes, tenho um presente para as futuras princesas. Volto já!

> Será que quando eu for princesa, vou poder ser amiga de um gigante?

O que é?

Para descobrir qual foi o presente da Branca de Névoa, você precisa prestar bastante atenção nas imagens abaixo. O objeto que mais se repetir é a resposta certa.

Conhecer princesas e ficar amiga delas já estava sendo o máximo, e agora ganhar presentes?

Uau! Laurinha e Helena estavam muito felizes com tudo o que estavam descobrindo e aprendendo. E também estavam adorando essa ideia de ganhar presentes, é claro, ainda mais um espelho mágico!

Uau, ele é lindo. Obrigada, princesa.

Amei conhecer vocês, meninas! Venham me visitar sempre. Vocês irão adorar os sete gigantes!

Até mais, Branca de Névoa. Também adoramos conhecer você e o seu reino!

Meninas, é hora de saber se, finalmente, vocês serão princesas de contos de fadas ou não!

Erros na floresta

Observe as duas cenas abaixo e encontre os 7 erros entre elas.

45

A hora de decidir se realmente estavam prontas para todas as responsabilidades de serem princesas de verdade estava cada vez mais perto, e as aventuras pelos reinos parecem ter deixado-as bem motivadas a seguir esse sonho.

Será que as meninas ainda tinham o mesmo desejo ou já tinham mudado de ideia? Agora, a Fada Belinha precisava ter uma conversa séria com as meninas antes de elas assinarem um termo!

É, ser princesa de verdade não é brincadeira mesmo.

> Laurinha e Helena, preparadas para virarem princesas e escolherem o reino de vocês?

> COM CERTEZA!!!

Nós, Laurinha e Helena, sabemos de todas as responsabilidades de ser uma verdadeira princesa de contos de fadas, e estamos de acordo com todas as nossas tarefas.

Seremos responsáveis e iremos ajudar cada ser que mora no reino, sempre buscando o bem-estar de todos.

Prometemos não deixar faltar diversão no nosso reino!

_____Laurinha_____
Laurinha

_____Helena_____
Helena

_____Belinha_____
Fada Belinha

Essa missão parecia ser muuuito séria mesmo, afinal, até um termo real foi preciso assinar.

Porém, Laurinha e Helena não mudaram de ideia, muito pelo contrário, elas estavam ainda mais animadas em finalmente poderem realizar o sonho de ser princesas de verdade, só que ainda falta uma coisinha muito importante para o "felizes para sempre" acontecer...

Só um pouco de magia!

> Queremos ser princesas de verdade e, quem sabe, termos unicórnios em nosso reino.

> Vocês se lembram que para conseguirem o próprio reino precisam de mais uma coisinha?

> Siiim!!! A outra metade do medalhão!!! Onde ele está?

Encontre a metade!

Laurinha e Helena precisam da outra metade do medalhão para virarem princesas de verdade. Circule abaixo qual é a parte que se encaixa corretamente na que elas já têm.

E, como em um passe de mágica, o desejo de Laurinha e Helena finalmente se realizou! E elas estavam muito empolgadas para colocar em prática tudo aquilo que aprenderam com as outras princesas. Agora elas tinham um castelo lindo e um reino todinho para brincar e aprender muito. E, óbvio, elas já sabiam o nome do reino:

Reino do Slime!

Slime? O que é isso?

Acho que já sabemos qual é a nossa primeira tarefa! Vamos ensinar a Fada Belinha a fazer slime! UHUL!

Como assim você não sabe o que é slime? É muuuito legal!

Hora do slime

Preencha os espaços abaixo para descobrir quais são os principais ingredientes do slime. Depois, escreva na linha em branco o que você vai colocar para deixar seu slime diferentão. Vale colocar glitter, lantejoula, tinta guache... Solte a imaginação!

Um material usado na escola que ajuda a grudar folhas:

| | l | | r | n | | a |

Creme branco que o papai usa para fazer a barba:

| E | | | ma | | e | | r | e | r |

Não é sal, mas também é facilmente encontrado na cozinha:

| | i | | r | | n | t | |

Uma água que precisa ser comprada na farmácia:

| | g | | | b | | i | | d | |

Qual vai ser seu ingrediente extra?
_____

Quem disse que não se pode ensinar também sobre diversão? As meninas sabem que é importante encontrar um pouquinho de equilíbrio em tudo o que fazemos. Mas nem tudo é só slime, é preciso cuidar dos animais também, e disso Laurinha e Helena sabiam bem e já estava mais do que na hora de conhecerem os unicórnios do reino do slime!

> Acho que agora precisamos cuidar dos nossos bichinhos...

> Vamos! Por favorzinho! Eu quero muuuito brincar com eles!

> Nossa, slime é muito legal! E tão colorido!

Unicórnios no reino

Este reino é repleto de unicórnios! Ligue os pontos abaixo para completar o unicórnio e, depois, pinte-o com suas cores preferidas.

É sempre muito importante brincar e dar atenção para os animais, faz parte da boa conduta das princesas serem gentis com os bichinhos. Maaas elas ainda tinham mais uma aventura para organizar! Afinal de contas, bailes reais também estão na rotina de todas as princesas. *E é preciso ter as amigas sempre por perto para compartilhar os bons momentos.*

> Queria tanto mostrar os unicórnios para as princesas...

> Isso é fácil! É só vocês darem um baile... Princesas também organizam bailes!

> Você tem razão!!! Mas como vamos mandar os convites? Tem internet por aqui?

Nos contos de fadas, os convites são entregues de outro jeito...

Correio Encantado

Para descobrir como as meninas enviarão os convites, você precisa anotar nas lacunas a letra que vem antes ou depois no alfabeto. Os quadrados de cima devem ser preenchidos pela letra que vem antes no alfabeto. Os de baixo, com a letra que vem depois. Se chegar até o "Z", a letra seguinte será o "A". Veja os exemplos.

V			o	
W	B	N	P	T

	o		i		
F	O	W	J	B	S

	s
P	T

o			t		
D	P	O	W	J	U	F	T

	t			é
B	U	S	B	W	F	T

C	D
d	

O	Z	R	R	Z	O	N	R
		á			a	r	

D	M	B	Z	M	S	Z	C	N	R
e				t			o		

Todas as princesas estavam reunidas no castelo do reino do slime. E elas estavam muito felizes pela Laurinha e pela Helena terem aprendido váááárias lições importantes e finalmente terem conseguido realizar o sonho delas!

Bela Acordada estava amando o castelo, Anabela havia adorado os animaizinhos que entregaram seu convite — eles até tinham feito amizade com os bichinhos do reino dela —, Branca de Névoa também não parava de tagarelar sobre o reino do slime. **Mas parece que tinha um detalhezinho nesse felizes para sempre...** Já era hora de voltar para casa! Afinal, a mamãe e o papai deviam estar com saudade.

Meninas, meninas! Nós precisamos ir agora mesmo! O relógio já está marcando o horário...

AH NÃO! Por quê?

Tchau, meninas!

Preencha os números que faltam no relógio e anote o horário que Laurinha e Helena precisam ir embora.

__h__m

Magicamente, as meninas voltaram para casa. Elas contaram toda a aventura para os pais, que ficaram encantados.

Então, elas prometeram que, da próxima vez, levariam eles junto para a aventura, já que *elas poderiam voltar para lá quando quisessem!*

Sério??? Tô doido para ir com vocês!

E como a gente faz para ir para lá?

Palavras mágicas

Encaixe as peças abaixo e descubra como elas devem fazer para voltar ao mundo encantado.

Vamos nos despedir?

Eu não acredito que acabou!

Estava tão legal passear pelos reinos.
Essa história de ser princesa de verdade
dá trabalho, mas até que é divertido!

Mas não precisa ficar triste,
amiguinho, podemos continuar
essa brincadeira lá no canal!
Colocar um vestido de princesa
agora vai ter outro significado, hahaha.

clubinhodalaura

Laurinha e Helena - Clubinho da Laura

Até mais, amiguinhos.

Tchau,
bye, bye, like, like, like,
te amo de coração!

Um beijo

Respostas

Página 7
FADA BELINHA

Página 9

Página 11

Página 13
3, 1, 4, 2

Página 15

Páginas 16 e 17

Página 21

Página 23
VAMOS ORGANIZAR UM CONCURSO PARA DESCOBRIR O MELHOR PLANO!

Página 25

Página 27
30cm, 60cm, 40cm, 20cm

Página 30

Página 35

REINO DA
BRANCA DE
NÉVOA

Página 37

Página 39

- ○ Ajudar o próximo
- ○ Cuidar dos animais
- ✗ Jogar lixo no chão
- ✗ Deixar coisas espalhadas pelo castelo
- ✗ Responder com grosseria
- ○ Respeitar os mais velhos
- ○ Ser educado

Página 41

STRAWBERRY, HONEY, SOUP, TOMATO, CARROT

Página 43

resposta: 3 espelhos

Página 45

Página 49

Página 51

Um material usado na escola que ajuda a grudar folhas:
COLA BRANCA

Creme branco que o papai usa para fazer a barba:
ESPUMA DE BARBEAR

Não é sal, mas também é facilmente encontrado na cozinha:
BICARBONATO

Uma água que precisa ser comprada na farmácia:
ÁGUA BORICADA

Página 53

Página 55

VAMOS ENVIAR OS
CONVITES ATRAVÉS
DE PÁSSAROS
ENCANTADOS

Página 57

12h 20m

Página 55

É SÓ USAR O MEDALHÃO

Copyright © 2020, Laura Godar
Todos os direitos reservados à Astral Cultural e protegidos pela lei 9.610, de 19.2.1998.
É proibida a reprodução total ou parcial sem a expressa anuência da editora.
Este livro foi revisado segundo o Novo Acordo Ortográfico da língua Portuguesa.

Produção editorial Aline Santos, Bárbara Gatti, Jaqueline Lopes, Fernanda Costa, Mariana Rodrigueiro, Natália Ortega, Renan Oliveira e Tâmizi Ribeiro
Fotos Gutyerrez Erdmann
Capa Marina Ávila

Ilustrações Andrey1005/Shutterstock, Air.matti/Shutterstock, arbit/Shutterstock, Beskova Ekaterina/Shutterstock, BruceBrutis/Shutterstock, Eduard Radu/Shutterstock, Eakdesign/Shutterstock, Elena Eskevich/Shutterstock, Feaspb/Shutterstock, GraphicsRF.com/Shutterstock, JuliyaM/Shutterstock, KBY Design/Shutterstock, klyaksun/Shutterstock, lightkite/Shutterstock, Macrovector/Shutterstock, Midorie/Shutterstock, nem4a/Shutterstock, Olena Piatenko/Shutterstock, Olga1818/Shutterstock, Passion-pearl/Shutterstock, Pushkin/Shutterstock, quinky/Shutterstock, Ridkous Mykhail/Shutterstock, romalka/Shutterstock, Tartila/Shutterstock, twobears_art/Shutterstock, Vectorpocket/Shutterstock, vectorpouch/Shutterstock, vitayulia/Shutterstock, Vladislav Kudoyarov/Shutterstock, Yevheniia Rodina/Shutterstock

Primeira edição (agosto/2020)
Papel de capa Cartão Triplex 300g
Papel de miolo Offset 90g
Gráfica Darthy

Dados Internacionais de Catalogação na Publicação (CIP)
Angélica Ilacqua CRB-8/7057

G522c	Godar, Laura Clubinho da Laura / Laura Godar. — Bauru, SP : Astral Cultural, 2020. 64 p. : il., color. ISBN: 978-65-81438-14-2 1. literatura infantojuvenil 2. Passatempos 2. Vlogs (Internet) 3. YouTube (Recurso eletrônico) I. Título
20-1784	CDD 028.5

Índices para catálogo sistemático:
1. Infantojuvenil 028.5

ASTRAL CULTURAL É A DIVISÃO DE LIVROS
DA EDITORA ALTO ASTRAL.

BAURU
Av. Nossa Senhora de Fátima, 10-24
CEP 17017-337
Telefone: (14) 3235-3878
Fax: (14) 3235-3879
E-mail: contato@astralcultural.com.br

SÃO PAULO
Rua Helena 140, Sala 13
1º andar, Vila Olímpia
CEP 04552-050